邊緣光影

席慕蓉

序言

散落在四處的詩稿，像是散落在時光裡的生命的碎片，等到把它們集成一冊，在燈下初次翻讀校樣之時，才驚覺於這眞切的全貌。

終於知道，原來——

詩，不可能是別人，只能是自己。

這個自己，和生活裡的角色不必一定完全相稱，然而卻絕對是靈魂全部的重量，是生命最逼眞精確的畫像。

是爲序。

目錄

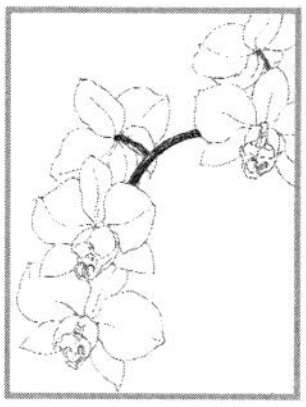

篇三：野薑花

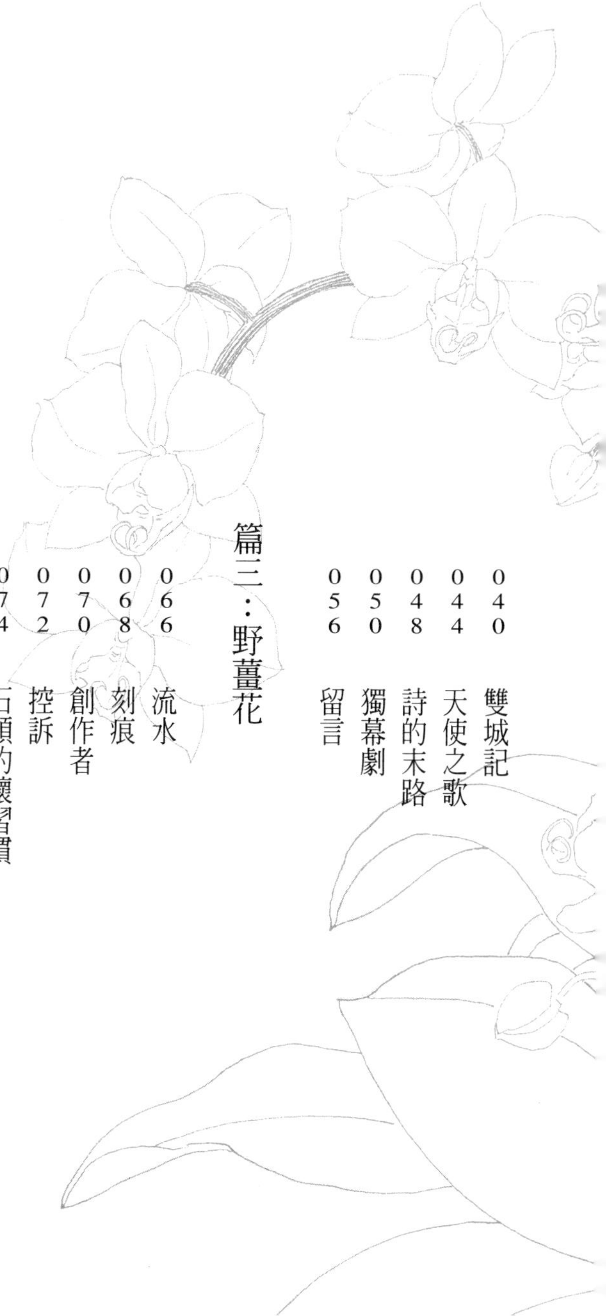

篇四：綠繡眼

篇五：鳶尾花

篇六：鹽漂浮草

篇七：蝴蝶蘭

附錄：評論兩家及後記

篇一——鷹

鷹

執筆有時只是一種清涼的欲望
無關悔恨　更無關悲傷

我只是想再次行過幽徑　靜靜探視
那在極深極暗的林間輕啄著傷口的
鷹

當山空月明　當一切都已澄淨

——一九八七年

詩的蹉跎

消失了的是時間
累積起來的　也是
時間

在薄暮的岸邊　誰來喟嘆
這一艘又一艘
從來不曾解纜出發過的舟船

一如我們那些暗自熄滅了的欲望
那些從來不敢去試穿的新衣和夢想
即使夏日豐美透明　即使　在那時
海洋曾經那樣飽滿與平靜
我們的語言　曾經那樣
年輕

——一九九八年六月六日

靜夜讀詩

是如何　我的心在瞬間縱橫拓展
飽滿欣欣然如萬物初始一般
光明照耀　暖流湧動
似乎　所有被這個世界埋藏了的感覺
都在此刻紛紛走出黑暗的洞穴

在靜夜裏翻讀著我深愛的詩人
彷彿是跟隨著天使的翅膀
即或是極輕微的搧動也能掀起疾風

使我的靈魂猛然飛昇或者　迂迴下降
詩　原來是天生天長

而我深深愛慕著的詩人啊
你們應是一棵又一棵孤獨的樹
植根在無垠的曠野　忍受試探
堅持要記下那些生命裏最美麗的細節
記下那些我們以爲
是文字和言語都不可能傳遞的聲息
諸如那羽翼在風過時如波紋般的顫動
以及在靜夜裏　當他俯身向我時
那逐漸變得沉重的月色和　呼吸

——一九九七年十二月

借句

一生倒有半生，總是在清理一張桌子。

——隱地

一生倒有半生　總是在
清理一張桌子
總以爲　只要窗明几淨
生命就可以重新開始

於是　不斷丟棄那些被忽略了的留言
不斷撕毀那些無法完成的詩篇
不斷喟嘆　不斷發出暗暗的驚呼
原來昨日的記憶曾經是那樣光華燦爛
卻被零亂地堆疊在抽屜最後最深之處

桌面的灰塵應該都能拭淨
瓶中的花也可以隨時換新
實在猶疑難捨的過往就把它們裝進紙箱
但是　要如何封存
那深藏在文字裡的我年輕的靈魂

（要怎麼向她解釋
說我們同行的路途最好就到此爲止？）

從來也沒有學會如何向自己道別
我只能把一切再還給那個混亂的世界
在微雨的窗前　在停頓的剎那間
有些模糊的角落又會逐漸復原

於是　周而復始　一生倒有半生
總是在清理一張桌子
清理所有過時　錯置　遺忘
以致終於來不及挽救的我的歷史

——一九九五年一月二十七日

背叛的心

——每個人各有他不同的老去方式（曉風語）

每個人各有他不同的老去方式
每個人都只能用他自己的方式老去
或是早生華髮　或是
越走越濃越貼越緊的焦慮
而我的難道就是這樣了嗎　怎麼也不肯
去順從那其實早已將我降服了的生活
卻又遲遲不能判斷到底該如何來發難？

究竟要對誰
對什麼
開始背叛？

——一九九七年七月十一日

歲月三篇

1 面具

我是照著我自己的願望生活的
照著自己的願望定做面具
有時候戴著謙虛　有時候戴著愉悅
只有這樣才能活下去罷
努力澆熄那憤怒和驕傲的火焰

努力拔除那深植到骨髓裡的憂愁
把一切的美德都披掛起來
而時日推移　孤獨的定義就是——
角落裡那面猝不及防的鏡子

2 春分

時日推移　記憶剝落毀損
不禁會遲疑自問　從前是這樣的嗎
在春分剛至的田野間
在明亮的窗前　我眞的有過
許多如針刺如匕首穿胸的痛楚？
許多如鼓面般緊緊繃起的狂喜？

許多一閃而過的詩句？

從前是這樣的嗎　我遲疑自問
然後霧氣就從海面慢慢移過來了
逐漸遮蓋住那片山坡上的櫻樹林
逐漸掩埋了眼前這春分剛過的清晨

3 詩

曾經熱烈擁抱過我的那個世界
如今匆匆起身向我含糊道別
時日推移　應該是漸行漸遠
爲什麼卻給我留下了

這樣安靜而又沉緩的喜悅

重擔卸下　再無悔恨與掙扎
彷彿才開始看見了那個完整的自己
我的心如栗子的果實在暗中
日漸豐腴飽滿　從來沒有
像此刻這般強烈地渴望　在石壁上
刻出任何與生命與歲月有關的痕跡

——一九九六年

青春・旅人・書寫

青春

當回顧逐漸成爲一種儀式
總是戴著固定的面具應聲出現的青春啊
你所爲何來？

旅人

那熟悉的憂愁和焦慮　在暮色裏
緊緊地跟隨著我
要在醒來之後才能明白我剛才只是
一個旅人　穿梭在夢中的街巷

書寫

在重複地品嚐過了之後
他們就坐下來　書寫
有人終其一生都在書寫標語和大綱
只有少數的人書寫細節　那千絲萬縷
當靈魂和生命的髮膚互相碰觸
互相刺入時的種種感覺

——一九九七年十月二十七日

龍柏・謊言・含羞草

龍柏

總是栽植在墓地之旁的龍柏
好像是一種見證
見證生命
曾經以多麼熱烈的姿態成長

謊言

在透明的月光之下由你輕聲道來
令人神往

含羞草

沉默的退縮與閉合有絕對的必要
否則　我的詩
如何能從一無干擾的曠野
重新出發

——一九九八年九月九日

篇二——海鷗

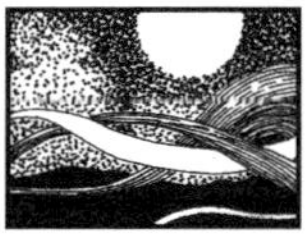

海鷗

剛剛出發的白鳥
在明淨的天色中劃出弧線
激動的心啊　並不能知道
前路上的風暴
並不能躲避　陰雲密佈
那些急急向著命運逼近的
十面埋伏

——一九八七年

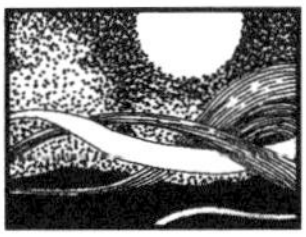

雙城記

前言：

去年秋天，人在北京。有次坐在計程車中，忽然瞥見了一處街名，是兒時常聽長輩說起的，先母舊居應該就在這附近。

於是央求司機繞道去看一看，並且在說出地址之後，還向他形容了一下我曾經從舊相簿裡見過的院落和門庭。

司機沉吟半晌，回答我說是還有這麼一個地方，不過卻絕不像我所形容的模樣；也許，還是不去的好。聽從了他的建議，我們默然向前駛去，黃昏的街巷終於復歸成陌生城市。我只記得那位先生雙鬢微白，在駕駛的途中始終沒有回過頭來。

那天晚上夢見了母親。

夢裡　母親與我在街頭相遇
她的微笑未經霜雪　四周城郭依舊
彷彿仍是她十九歲那年的黃金時節

彷彿還是那個穿著紅緞裡子斗篷的女孩
憧憬像庭前的海棠　像芍藥初初綻放

卻又知道我們應是母女　知道
我渴望與她分享那些珍藏著的記憶

於是　指著城街　母親一一爲我說出名字
而我心憂急　怎樣努力卻都不能清楚辨識
爲什麼暮色這般深濃　燈火又始終不肯點起
媽媽　我不得不承認　我於這城終是外人
無論是那一條街巷我都無法通行

無論是昨日的還是今夜的　北京

——一九九一年二月十九日

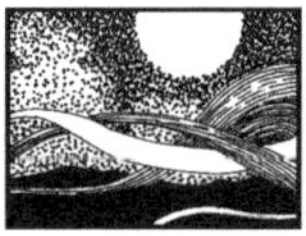

天使之歌

——昨日已成廢墟
只留下還在曠野裡堅持的記憶
（一直希望我能是天使
在俯仰之間　輕輕搧動著那
原該是我與生俱來的翅膀
巨大而又華麗　我潔白的羽翼……）

我閉目試想　總還能剩下一些什麼吧
即使領土與旗幟都已被剝奪
盔甲散落　我　總還能剩下一些
他們無從佔領的吧
諸如自尊　決心以及
那終於被判定是荒謬與絕望的理想

這塵世是黑暗叢林
爲什麼　我依舊期待黎明
應該還是可以重新再站起來的吧
我悄然自問　當遍體鱗傷的此刻

當連你也終於
棄絕了我　在此最最泥濘荒寒的角落

——一九八九年六月十六日

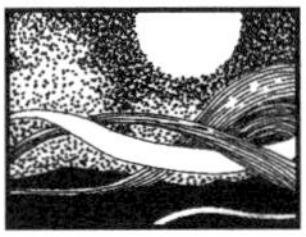

詩的末路

所有的悲傷
其實是不斷重複前來的
所有的寂寞　也是

要到了此刻
我才知道
生命裡能讓人

強烈懷想的快樂實在太少太少

我因此而逐漸膽怯
對每一個字句都猶疑難決
當要刪除的　終於
超過了要吐露的那一部分之時
我就不再寫詩

——一九八八年七月二日

獨幕劇

（然而這也是我們僅有的一生我們從來沒要求過流亡與戰爭）

有些記憶成爲眞理是因爲那堅持的品質有些經驗成爲美是因
爲它們的易碎可是請你告訴我爲什麼我們的劇本裡總是讓有
些憎恨成爲習慣有些土地成爲夢境這荒謬而又悲涼的情節啊
千年之後有誰還會相信？
千年之後有誰還會相信今夜的我們曾經彼此尋找懷著怎樣溫

柔的心情山谷與草原的氣息原來可以如此貼近而又熟悉蓮房
中新生的蓮子原來全無那苦澀的恨意這一分一秒逐漸遠去的
原是我們可以傾心愛戀的時光可是成長中的一切課程卻都只
教會了我們要如何去互相提防每一頁翻過的章節都充滿了不
同的解釋每一次的演出總是些互相矛盾的台詞年輕的演員因
此而怯場初來的觀眾在錯愕間既不敢鼓譟也不敢鼓掌不知道
要用怎樣的誘餌才能讓編劇者揭開全部的眞相。

（然而這也是我們唯一的演出實在經不起任何的試驗與錯誤）

在幕啓之初身爲演員我的嗓音曾經誠摯而又快樂開始向黑暗
的台下述說生命裡那無數次錯不在我的滄桑與阻隔我知道你

正在我身後靜靜聆聽即使在眾人之中我相信也能夠辨識出那孤獨的身影多希望能夠轉身窺視你藏在心底的鏡子在其中應該也會有你爲我留下的位置縱使到今夜爲止我們從未眞正相識。

風從每一扇緊閉著的窗外吹過有水聲從後台傳來燈光轉藍暗示此刻已經來到了灰茫清冷的忘川台下是誰在輕聲嘆息難道他是智者已經預知結局？

燈光閃爍間所有的腳步突然都變得踉蹌與雜亂高潮應該就是在前面橫亙著的那一條忘川遠處波濤彷彿已經逐漸平息你看那白髮的水手在悠長的等待之後不是正一一重返故里讓我們

也互相靠近互相碰觸穿過層層蓮荷的花葉終於緊緊相擁立誓
永遠不要再陷落在過往的泥沼之中。

（如果能夠就此約定這整整的一生都不許再有恨）

爲什麼希望綻放之後即刻凋謝比蓮荷的花期還短爲什麼依舊
有許多陰影在深深的河底迴繞交纏渴盼中的愛與被愛啊在多
年的隔離之後竟然萬般艱難今夜的我站在岸邊只聽到有人頓
足有人悲泣河面無限寬廣那忘川的水流對我們竟然毫無助益
多少次在夢中宛轉低喚的名字如今前來相會卻悚然察覺我們
都已不再是彼此的天神而是魔鬼燈火全滅布幕在驚呼聲中急
急落下從此流浪者的餘生啊將要輾轉在怎樣不堪的天涯？

千年之後有誰還會相信幕落之前我們曾經怎樣努力想要修改
這劇中的命運身爲演員當然知道總會有個結局知道到了最後
不外就是死別與生離可是總不能就這樣讓整個故事都在錯置
的時空中匆匆過去？

（這也是我們最深的悲哀整整一生我們辛勤種植幸福卻無
法攀採）

幕落後所有的淚水是不是都必須吞回下一場的演出再也不會
有我們發言的機會歷史偏離我們的記憶越來越遠卻從來不見
有那一個編劇者肯向這世界致歉若是你還能聽見我高亢的歌

聲傳過水面傳遍曠野請你一定要記得幕落之前我們彼此狂熱
的尋求曾經怎樣穿越過那些黑暗的夜即或是已經明白了沒有
任何現實可以接近我們卑微的夢想沒有一塊土地可以讓我們
靜靜憩息當作是心靈的故鄉。

（這也是我們最深的困惑整整一生都要在自己的家園裡扮
演著永遠的異鄉人）

——一九八八年五月八日

留言

1

在驚詫與追懷中走過的我們
卻沒察覺出那微微的嘆息已成留言

這就是最後最溫柔的片段了嗎　當想及
人類正在同時以怎樣的速度奔向死亡

二月過後又有六月的芬芳
在紙上我慢慢追溯設法挽留時光
季節不斷運轉　宇宙對地球保持靜觀
一切都還未發生一切爲什麼都已過去
山櫻的枝椏間總好像會喚起些什麼記憶
我反覆揣摩　用極慢的動作
尋找那些可以掩藏又可以發掘的角落
將遠方戰爭與饑荒的暗影減到最低
將遲疑的期許在靜夜裡化作詩句

2

這就是最後最溫柔的片段了嗎　當想及
人類正在同時以怎樣的速度奔向死亡

初雪已降下　可是對於美　對於彼此
對於激情眞正的誘因還是一無所知
在每一盞燈下細細寫成的詩篇
到底是不是每一顆心裡眞正想要尋找的
想要讓這世界知道並且相信的語言

要深深地相信啊　不然

還能有些什麼意義　初雪已降下
當謊騙已經習慣於自身優雅細緻的形態
當生活已經變成了一處精心設計的舞台
我要怎樣才能在眾人之前
向你舉杯而不顯得突兀
要怎樣才能堅持自己的信仰不是錯誤

3

這就是最後最溫柔的片段了嗎　當想及
人類正在同時以怎樣的速度奔向死亡
可是　黎明從來沒有眞正甦醒

當黑夜從來沒有眞正來臨
這身後走過的荒漠是太遼闊與沉默了吧
爲什麼即使已經是結伴同行
每一個人依然不肯說出自己眞正的姓名

從此去橫渡那深不可測的海洋
翻覆將是必然的下場
舟子無法想像的島嶼要如何去測定方位
我只聽說越過崇高巨浪的顫慄是分狂喜
聽說　登上絕美的彼岸只有屛息
霧起與月出時的孤獨之感從未能言傳
而無論我怎樣努力　也永遠不能

在海風裡向你精確地說出我的原意

4

「啊！給我們語言到底是爲了
禁錮還是爲了釋放？」

這就是最後最溫柔的辰光了嗎　當想及
人類正在同時以怎樣的速度奔向死亡

波濤不斷向我湧來
我是螻蟻決心要橫過這汪洋的海
最初雖是你誘使我酩酊誘使我瘋狂

讓尼采作證
最後是我微笑著含淚
沒頂於
去探訪
你的路上

——一九八八年二月二十四日

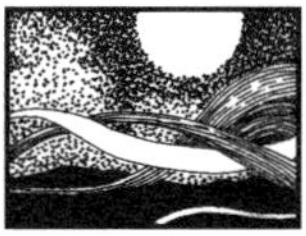

篇三——野薑花

流水

生命中發著亮光的時刻宛如流水
詩已是本體　並不需要
刻意去複習　水聲潺潺
無論是微笑與擁抱
都有著非常悅耳的韻腳
單純的話語貫穿過峽谷與森林

在任何一處清涼的樹蔭下　都可以
凝神傾聽　少年的夢想啊也如流水
在一年初始的季節
滾滾翻騰而去　帶著
青草和泥土的芳香
不知道要流向何方

——一九八八年十二月一日

刻痕

從霧裡出現　又再消失在霧裡
那一路唱著歌怎樣也不肯停下來的
歌者啊　其實
還是留下了一些痕跡
在濕潤潔淨的砂粒之間

如果你願意在水邊靜靜俯首

細看那砂質的河床　映著天光
在與你微笑的倒影重疊的地方
流動的軀體其實已經
在砂粒間刻劃出無數細微的起伏紋路
在光與影之間　記載著
碰觸之時的顫動
和　割捨之時的纏綿

——一九八八年一月五日

創作者

我們用文字　將海浪固定
將記憶釘死　努力記述
許多輪廓模糊的昨日　然後
裝訂成冊
靜待那銀灰色微微閃亮的蠹蟲的來臨
可是　水與岩石從不肯如此

在永遠的流動與沖激之中
他們不斷描繪並且修正
那時光的
面容

——一九八八年十一月十五日

控訴

是誰挪用了你原來的
文字　是誰
掠奪了我眞正的詩
是誰　在洶湧的激流裡轟然狂笑
捲走了所有年輕的心在夜裡曾經一筆一筆
含淚記下的初稿

是誰啊　把記憶沖刷成千創百孔
再默默地藏身在歲月逐漸湮滅的隙縫之中

——一九八八年十二月十日

石頭的壞習慣

我開始學會了自問自答　在面對
或者背對著寂寞的時候

爲什麼　白色的雲朵
總選擇在極藍的天空上漂泊
秋日的林間想必正如錦繡

有沒有誰又約了誰正在樹下等候
陽光遲遲不肯走進峽谷
在遙遠的山巒上那片小小的黑影
是一隻鷹嗎
是不是正臨風伸展雙翼
緩慢而又傾斜地　掠過峰頂

——一九八九年四月十七日

野薑花

孤獨的天使　你從那裡來
又要飛往那裡

難道這漂泊永無終止？

孤獨的天使　啓程之後你的心中
是不是還會藏有一些淡淡的氣味與顏色

你會不會記得
在剛下過雨的河岸上
你曾經將我與昨日都留下
還有一行未曾採擷的野薑花

——一九八九年六月二十二日

極短篇

微涼的清晨　在極淺的夢境中
我總是會重複夢見
你漸行漸遠冷漠和憂傷的面容

而夢裡星空皎潔　一如那夜
那夜在山中我們正微笑欣喜於初次的相逢

——一九八九年六月二十二日

新泉

凝神靜聽
那鐘聲正穿過深暗叢林
穿過泥濘的昨夜　穿過
我們親手將它植滿荊棘的歲月

彷彿　是生命裡
最沉靜的時刻　有所領悟

有所盼望　在揭曉之前
滿足與了解
正聚集成一種新鮮的形象

那麼　請原諒我不想去注意
陰影裡你的悲傷和遲疑
即或是你終於流下了淚
我也要　把它看做是
雪融之後從高山上流下的泉水

——一九八七年

瑪瑙湖

沒有理由　除非是
爲了引誘你回頭
才以這最後的荒旱枯竭的結局
向你顯露出　那一直深藏在
我胸懷間的美麗記憶

當溫柔與壯烈同是一個女子的性格

從此　就別無抉擇
這是湖泊最後的願望
是我整個一生的孤注一擲

請盡情撿拾吧
現在也不能說是太遲　畢竟
你終於知道了我的心事

——蒙古高原上一處人跡罕至的湖泊「淇格諾爾」，
近日突然乾涸，才發現湖底鋪滿了瑪瑙寶石。

——一九八七年

篇四——綠繡眼

母親

莫傷我心啊　孩子
雖然　無論怎麼樣的刺痛我都會
原諒你

婦人說完　才發現
她的已經不在了的母親
也曾經對她說過同樣的話

風疾雲低　那滿山的顫抖著的樹木
有誰能夠知道　在一回首之間
是隔著怎麼樣的刺痛　隔著
怎麼樣的　無限荒涼遼闊的距離

——一九九五年四月二十二日

綠繡眼

在戰爭與戰爭之間
我們歡然構築繁華的城市
在毀滅與毀滅之間
我們慎重地相遇相愛　生養繁殖

在昨夜暴風雨之後悄然墜落的
是一整個春季曾經熱烈營造過的夢想和遠景

這圓滿完整編織細密的小小綠繡眼的窩巢啊
此刻沉默地置身於我悲憫的掌心

林間有微風若無其事地輕輕拂過
是誰　正在嘆息
正在極遠極藍的穹蒼之上
無限悲憫地　俯視著我

——一九九五年四月二十日

試煉

差別應該還是存在的吧　不然
爲什麼總有人能從眞相邊緣飛掠而過毫髮無傷
卻也總有人　從此沉淪

可惜的是　我們從來無法預先測試
你的和我的靈魂的品質

只好任由事件發生再逐步開展
只好在多年之後　任由
那些不相干的旁觀者前來匆匆翻閱
或者驚嘆或者扼腕：

——看哪！
誰到最後終於全身而退
而誰　誰又在一開始的時候就是
美且易碎

——一九九〇年十月十六日

給黃金少年

（一群剛上國中的少年排隊走過，領隊說停，每個人就惶惶然站在我對面的十字街頭。頭髮已經是一樣的模式了，相似得不能再相似。身上穿的衣服也完全相同，甚至學號繡的寬窄也有講究。他們都很沉默，因爲按規定在隊伍中是不可以開口。）

我不知道
爲什麼我要流下淚來
這裡面會有我的孩子嗎

如果眞有　請你告訴我
那個昨天還有著狡黠的笑容
說話像是寓言與詩篇的孩子

那個像小樹一樣　像流泉一樣
在我眼前奔跑著長大了的孩子啊
到什麼地方去了

——一九八七年十一月十八日

點著燈的家

——給雲門「家族合唱」

其實　我們
所求卑微　不過只是希望
孩子都能平安長大
在每個溫暖的節慶裡
在每張泛黃的相片裡　我們
都能緊緊地摟著他

其實　我們
所求卑微　不過只是希望
能夠有段無怨無驚的歲月
有片可以耕種的田野
有些知心的友伴　有些
可以訴說可以互相交換的期盼

於是　眼神專注　微笑慢慢綻放
我們在鏡頭之前或是端坐或是擁抱
愼重地留下　幾張
將來也許可以傳給子孫的家族合照

只是　恐怕無人
無人曾經設想過如今夜這般的際遇
記憶被放大成千百倍
在空曠的舞台上方彼此重疊
曾經是那樣慎重和專注的期許
在千人萬人的眼裏　隨著光影
忽而顯現　忽而湮滅

舞吧　舞者　請舞進昔日
請用你們年輕柔軟的軀體
將糾結的環扣好好安置
不管是要解開還是重新繫起

請讓這島嶼的傷痛終於成歌成詩

彷彿有些鼓聲重重地敲擊
彷彿有些呼喚　溫柔婉轉
彷彿有風始終不停地翻動
這一頁頁悲苦的曲譜唱進了我們心中
當幕落時刻　那些
點亮了的水燈被拖曳著劃過舞台
所有從戰爭的陰霾裏走過來的
嬰孩　在半個世紀之後
在此刻　或許都不禁悲從中來

其實　我們
所求何其卑微
人生一世　輾轉天涯
想保有的不過就是像這樣一小間的
點著燈的房子
一小間的　點著燈的家

——一九九七年十月十六日

和平歌

——這個世界，怎麼像是虛構的情節？

那張印著歌詞的紙不大　剛好
可以讓他在唱完了歌之後折上兩摺
放進胸前的衣袋裡　剛好
可以被稍後的那顆阿姆彈
洞穿　濺血　慢慢地
染成一張在美學上無懈可擊的作品

主題是空虛的語言　背景是
染血的平原　那黑洞是永遠的痛
構圖均衡　構思完美　剛好
可以展示在他的葬禮上引人落淚

——一九九五年十二月二十一日

（拉賓被刺之後，以色列的孩子們還會唱那首和平歌嗎？）

昏迷

——哀全斗煥

如此結局
是比凱撒的還要不堪
在千萬人的討伐聲中
不飲不食廿七日之後　陷入昏迷
此刻你緊閉雙目　企圖
以堅定的拒絕來向這個世界道別

而我心哀憐　彷彿有人
在我眼前展現輪迴生滅

想就在不遠處　當日
年輕的你曾經有過多麼光耀的眼神
在千萬人的歡呼聲中
曾經怎樣堅定地一步步走來
立志要向這個世界
攫取一切

——一九九六年一月二日

植樹節之後

如果要用行動
來挽留這瀕臨幻滅的一切
我同意你　朋友
寫一首詩其實眞的不如
去種　一棵樹

如果全世界的詩人都肯去種樹
就不必再造紙

月亮出來的時候
每一座安靜的叢林　就都會充滿了
一首又一首
耐讀的詩

——一九八八年五月八日

夏夜的要素

初時　我並不知道只能如此
我總以爲宇宙會讓我們予取予求

我此刻重新回想的
那些夏夜　充滿了月光
充滿了樹影溪聲和青草的芳香
林間總有照路的螢火蟲　水邊總有

從河面不斷吹來的習習涼風
生命確實給付過所有的機會
好讓我們再來一一棄置　一一荒廢

只有在重新回想的此刻　才能明白
組成一個美麗夜晚的要素
既如此簡單　又　如此艱難

——一九八八年

篇五——鳶尾花

請柬

——給讀詩的人

我們去看煙火好嗎
去　去看那
繁花之中如何再生繁花
夢境之上如何再現夢境
讓我們並肩走過荒涼的河岸仰望夜空
生命的狂喜與刺痛

都在這頃刻
宛如煙火

——一九八九年五月二十二日

鳶尾花

——請保持靜默，永遠不要再回答我。

終究必須離去　這柔媚清朗
有著微微濕潤的風的春日
這周遭光亮細緻並且不厭其煩地
呈現著所有生命過程的世界

即使是把微小的歡悅努力擴大
把凝神品味著的
平靜的幸福盡量延長

那從起點到終點之間
如謎一般的距離依舊無法丈量
（這無垠的孤獨啊　這必須的擔負）
所有的記憶離我並不很遠
就在我們曾經同行過的苔痕映照靜寂的林間
可是　有一種不能確知的心情即使是
尋找到了適當的字句也逐漸無法再駕御

到了最後　我之於你
一如深紫色的鳶尾花之於這個春季
終究仍要互相背棄
（而此刻這耽美於極度的時光啊　終成絕響）

——一九八九年五月七日

沉思者

是什麼　只讓水波歡躍向前
卻讓我們逐漸退縮
逐漸變得沉緩與冷漠
是什麼　讓激動喜悅的心逐日遠去
換成了一種隱密的沉重的負荷
（你堅持要築起的堤防讓我心傷）
這是河流最後的一個問題

是我最後的一首歌

我終於來到了生命的出海口
留在身後的
是那曾經湍急奔流過的悲喜
是那曾經全力以赴　縱使粉身碎骨
也要掙扎著向你剖白過的自己
還有那些荒莽的歲月　荒莽的夜
（那在遠方反覆呼喚著我的山野）
沿著峰巒與溪谷蜿蜒而下
再蜿蜒而上　思緒總是停頓在
每一處微微轉折的地方

彷彿又聽見滿山的樹叢在風中呻吟顫動
野薑花香氣散漫
月色隨著奔逐的雲朵靜靜開展

（爲什麼那鮮活的昨日　一定
要一寸一寸地將自己變成蒼茫舊事）

而現在　是海
無邊無際的浪濤正迎面而來
山林沉默不語逐漸退後逐漸遠離
（遠離　是不是就會逐漸平息）
沙岸上無人理會我的問話

只有時光　用祂永恆的沉思
作爲給我的回答

——一九八七年七月七日

光的筆記　四則

假說

被所有的光都拒絕了之後
黑暗便開始顯現
（一如思想中那些既定的概念）
威脅著要進入一切的容器
然後成爲永遠不再改變的固體

我於是決心點燃起自己來尋找你

設定

我並沒有哭泣　可是
你爲什麼總在
我將要開啓的下一扇門再下一扇門
之外

行動似乎從未終止
只是時間順延
所謂光明遠景　難道眞的是
一場剛好持續了一生的哄騙

實驗

不想重複　卻又
不得不重疊
白晝間努力追隨著你的種種舉止
在夜裡以細微的差距都進入了我的詩

一直忘了問你
在皮影戲裡最曲折動人的劇情
到底是光　還是那影子

結論

夏夜的星空
只上演悲劇

當那閃耀眩目的訊息
終於傳達到我的心裡
你在千萬光年距離之外的星體
其實早已熄滅　冷卻
而我那狂喜地回答著的光芒啊
卻還毫不知情　還正在
急急向著你奔去的路上

——一九八八年四月十八日

旅程

逍遙兮，由黑暗至於燦爛；
逍遙兮，由燦爛至於黑暗。
——唱贊奧義書

所有我曾經得到過的
終於都要還贈給你
不管我多麼珍惜　不管

我多麼不願意

這已是行程的終點　雖然
出發時召喚的鼓聲還正如火種
在我心中輕輕躍動
而那些墨跡未乾的詩篇
轉瞬之間讀來竟都成讖言

（我只是到現在還不能明白
從何時何處開始曾經那樣
驚心動魄的海洋忽然靜止
奔流的溪澗停歇繁花寂滅

彷彿是有人不待終場就轉
身離去好把完整的孤寂都
留給他自己而你該知道我
多希望能留下那晚的月光
多希望能與你同行而前方
的路途還正悠長在十字路
口幾度躑躅多希望你能停
步容我修改那些不斷發生
的錯誤昨夜那些燃燒著的
詩句還正熾烈光焰照耀四
野你曾經是我輝煌明麗的
世界當每一回顧繽紛花樹

還歷歷在目而時光卻用狂
猛的速度前來將一切結束
只剩下胸懷間隱隱的疼痛
我不禁要驚懼自問是何種
試探將周遭變成如此黑暗）

這已是行程的終點
回首時平原盡頭只剩下雲朵倉促
飛掠過一處又一處
荒蕪的庭園
在那裡我曾經種下無數的希望
並且也都曾經

在我無法察覺的時刻
逐一綻放

「呼喚與被呼喚的
總是要彼此錯過」
等待與被等待的也是一樣
從此我能栽種與收穫的只有記憶
是不是　到了最後
終於　也都要含淚還贈給你

——一九八七年八月十日

靜夜

天使依然在每一夜前來
帶著不能延續的記憶
從靜靜的夜空靜靜墜落
如星光逐點熄滅

而我依然愛你
想必你應該也知道並且同意

雖然　你及時明白了
那種暈眩的喜悅正是翻覆沉溺的開始
雖然　在你的海上
一切風雲的湧動都早已被禁止

——一九八七年十二月二十二日

月光曲

據說　用月光取暖的女子從不受傷
有處曠野容許她重新長出枝葉

學會了煞有介事地遺忘　學會了
轉身再轉身然後重新開始
學會了聆聽所有語言裡不同的音節
學會了像別人一樣也用密碼去寫詩

讓欲望停頓在結局之前的地方
將巨大的精心繪製的藍圖寄放在
山岡高處
他的白木屋裡向晚微微暗去的牆上

——一九九一年五月二十二日

去夏五則

1

我倉惶回首
想你在那瞬間也讀出我眼中急迫的哀求
然而　你的箭已離弓
正橫過近午萬里無雲的天空

2

眞相突然出現如墜落的鴻雁消失在草叢之間

3

彷彿童年爲了準備第一次的遠足
收拾好所有的美德包括謙讓忍耐和期待
都放進野餐盒裡然後才入睡
翌日　暴雨如注

4

果眞沒有什麼可以永遠燃燒下去的嗎

即使燎原之後依舊要復歸於灰燼
即使今生仍然相愛想必我們心中也不敢置信

5

若有淚如雨　待我灑遍這乾渴叢林
讓藤蔓攀援讓苔蘚層層包裹讓濃霧終日瀰漫
封鎖住　那通往去夏的　山徑

——一九八七年七月二十七日

預言

你不得不同意　即使是從此別離
即使　我們已經
妥善收藏起一切的激情與悲喜
（記憶如利劍輕輕滑進鞘中　從此塵封的
是那在日裡夜裡都包裹著的面容）
而前路上依然會有那不可預見的埋伏
在黑暗中等待著一次又一次錚然的閃出

等待著一次又一次
鋒利冰冷的切割　我愛
那微顫微寒而確實又微帶甘美的傷口啊
請你　請你一定要小心觸摸

——一九八七年七月四日

秋來之後

——歷史只是一次又一次意外的記載，詩，是爲此而補贖的愛。

當月光再次鋪滿你來時的山徑
希望你能夠相信
我已痊癒　自逃亡的意念
自改裝易容隱姓埋名以及種種渴望的邊緣
自慌亂的心　自乞憐的命運
自百般更動也難以爲繼的劇情

自這世間絕對溫柔也絕對鋒利的傷害
若說秋來　沒有人能比我更加明白

總有些疏林會將葉落盡
總有些夢想要從此沉埋　總有些生命
堅持要獨自在暗影裡變化著色彩與肌理
我會記得你的警告
從此嚴守那觀望與想像的距離

永不再進入　事件的深處
不沾憂愁的河水　不摘悔恨的果實

當月光再次鋪滿你離去時的山徑
不知道你願不願意相信
但是我確實已經痊癒　已經學會
不再替眞相辯解任由它湮滅一如落葉
並且不斷刪節　那些多餘的心事
（多餘的徒然在前路上刺人肌膚的枯枝）
在秋來之後的歲月裡　我
幾乎可以　被錯認是
一個無可救藥的樂觀女子

——一九八七年十一月八日

謝函

修書致謝的此刻我對你既陌生而又熟悉心中充
滿了感激永恆原非那樣的不可觸摸其實你一直
在暗示著我揮劍的功用可使斷裂的部分從此與
眾不同捨去寒暄問候與微微有些停頓遲疑的應
答之後畢竟還能留下某種溫柔心緒如薄暮時分
的雲朵掠過邊城。

此刻我閉目試想多年之後我再回來重新審視這

時間的長廊我將記起那初時的明月光皎潔清亮
也許才能領會爲什麼所有的誘惑在現身之時都
美得令人絕望。
而我也並非全然無辜當危險的意念逐漸醞釀成
形如花紋斑斕遊走於洞穴底層的蛇身在我心中
互相交纏我卻佯作不知繼續前行終於來到了濕
熱黑暗的叢林我已無退路不得不回身昂首吐信
向你試探於是冰霜驟降江河逆向這就是神話裡
最後毀滅的一章。
當然接著下去還有復活洪水退去舟船重新停泊
雲霧散盡才發現還有許多通路通向遼闊未知的
荒漠只是我們正在中途無權去揮霍那些可能發

生的錯誤在金色的斜陽裡有一層陰影已經深入肌膚。

課程到此結束你是否覺得如釋重負只請你記得我曾經怎樣努力學習我願意停步化作激流旁面目相同的風景向後急速退去只留下山谷中野風的回音如果你偶爾傾聽然後微笑那是因爲你知道我已經學會了一切規則並且終於相信生命只能在詩篇中盡興。

——一九八八年三月三十一日

美麗新世界

那逐漸成形的習慣　都是牆嗎
那麼　那日夜累積起來的禁忌
就都是網了

我們終於得以和一切隔離
諸如憂傷喜悅以及種種有害無益的情緒
從此　在心中縱橫交錯的

都是光亮的軌道
河川無菌　血液也一樣

即使你終於出現　也無從改變
在等待中消失了的那些
已經不能再描繪所有的細節
在一無雜樹的林間
一無雜念的午後　即使
你說出了你的名字
即使你胸懷間還留有前生的烙印
我也再無從回答　無從辨識

——一九八七年三月二十六日

鏡前

一如那　瓶插的百合
今夜已與過往完全分隔
既喜於自身的
玉潔冰清　又悲
時光的永不回轉
窗外無邊靜寂　月出東山

在鏡前　不禁
微微追悔
那些曾經被我棄絕的
千種試探

——一九八七年三月二十五日

禮物

給你的禮物其實並不需要拆封
一如你給過我的那些記憶
（在潮濕的輕霧中綻放的花樹
在黑暗的山路上啊那襲人的芳馥）
請含笑收下　請爲我稍稍留步
即或只是這一盞茶的時光
即或只是這一轉身默然的相對與交會

我只是想要告訴你
有一個夏天的夜晚從來不曾遠去
千里迢迢　我只是前來向你宣告
多年之前不能確定的答案如今終於揭曉
就請含笑收下吧不必拆封　今夜別後
我們生命裡總有一部分會不斷地
在花蔭之中　重逢

——一九九〇年十一月三十日

篇六——鹽漂浮草

交易

他們告訴我　唐朝的時候
一匹北方的馬換四十匹絹
我今天空有四十年的時光
要向誰去
要向誰去換回那一片
北方的　草原

——一九八七年十二月二十一日

大雁之歌

——寫給碎裂的高原

祖先深愛的土地已經是別人的了
可是　天空還在
子孫勇猛的軀體也不再能是自己的了
可是　靈魂還在
黃金般貴重的歷史都被人塗改了
可是　記憶還在

我們因此而總是不能不沉默地注視著你
每當你在蒼天之上緩緩舒展雙翼就會
刺痛我們的靈魂掀開我們的記憶
背負著憂愁的大雁啊
你要飛向那裡？
背負著憂愁的大雁啊
你要飛向那裡？

——一九九四年六月八日

烏里雅蘇台

——爲什麼我永遠不能在二十歲的一個夏日微笑
著剛好路過這個城市？

三杯酒後　翻開書來
「烏里雅蘇台的意思　就是
多楊柳的地方」
父親解釋過後的地名就添了一種
溫暖的芳香

早年從張家口帶一封信到新疆伊犁
這裡是一定要經過的
三音諾顏汗的首邑
楊柳枝在夏日　織成深深淺淺的
陷阱　纏繞過多少旅人的心

父親　爲什麼我不能
讓一切重新開始　那時柳色青青
整個世界還藏著許多新鮮的明日
還藏著許多許多
未知的　故事

——一九八七年

鹽漂浮草

總是在尋找著歸屬的位置
雖然
漂浮一直是我的名字

我依然渴望
一點點的牽連
一點點的默許

一塊可以彼此靠近的土地

讓我生
讓我死　同時
在這之間
在迎風的岩礁上
讓我用愛來繁殖

——一九八六年十一月一日

祖訓

——成吉思可汗：「不要因爲路遠而躊躇，只要去，就必到達。」

就這樣一直走下去吧
不許流淚　不許回頭
在英雄的傳記裡　我們
從來不說他的軟弱和憂愁
就這樣一直走下去吧

在風沙的路上
要護住心中那點燃著的盼望
若是遇到族人聚居的地方
就當作是家鄉

要這樣去告訴孩子們的孩子
從斡難河美麗母親的源頭
一直走過來的我們啊
走得再遠　也從來不會
眞正離開那青碧青碧的草原

——一九八七年十二月二十八日

野馬

逐日進逼的　是那越來越緊的桎梏
逐日消失的　是那苦苦掙扎著的力量
逐日封閉的　是記憶的狹窄通道
逐日遠去的　是恍惚中的花香與星光

逐日成形的　是我從茲安靜與馴服的一生

只剩下疾風還在黑夜的夢裡咆哮
（有誰能聽見我的嘶叫生命的悲聲呼號？）
無法止息的熱淚　無法止息的渴望啊
只有在黑夜的夢裡
我的靈魂才能復活　還原爲一匹野馬
向著你　向著北方的曠野狂奔而去

——一九九四年七月二十四日

漂泊的湖

——羅布泊記

樓蘭已毀　儘管
那裡曾經有過多少難捨的愛
多少細細堆砌而成的我們
難捨的繁華
當你執意要做善變的河流
我就只能

成爲那遷移無定的湖了

而我並沒有忘記　每個月夜
我都在月光下記錄著水文的痕跡
爲的是好在千年之後
重回原處　等你

——一九八七年

祭

——爲內蒙古作家達木林先生逝世週年獻詩

在火焰熄滅了之後　我們
才開始懷想
你那曾經熱烈燃燒過的靈魂
在歌聲消失了之後　我們
才開始明白
那歡樂旋律其實來自斑駁的傷痕

所有的光明與榮耀都與你無緣
一生的流離顚沛　一生的血淚
親愛的朋友啊　你
是個生不逢辰的蒙古人

如今你的名字是一首暗啞的詩
正在高原上沉默地傳唱
青青草原逐日枯萎
天高雲低　眾心傷悲
爲什麼　凡是美好的必被掠奪？
凡是我們珍惜的必遭摧毀？

——一九九四年八月八日

高高的騰格里

取走了我們的血　取走了我們的骨
取走了我們的森林和湖泊　取走了
草原上最後一層的沃土
取走了每一段歷史裡的眞相
取走了每一首歌裡的盼望
還要　再來　取走我們男孩開闊的心胸
取走我們女孩光輝燦爛的笑容

可是　高高的騰格里啊　我們還有祢
永生的蒼天　請賜給我們
忍耐和等待的勇氣　求祢讓這高原上的
每一顆草籽和每一個孩子都能知道
枯萎並不是絕滅　低頭也絕不等於服從
他們也許可以掠奪了所有的土地
卻永遠不能佔領我們仰望的　天空

——一九九二年一月十八日

蒙文課

——內蒙古篇

斯琴是智慧　哈斯是玉
賽痕和高娃都等於美麗
如果我們把女兒叫做
斯琴高娃和哈斯高娃　其實
就一如你家的美慧和美玉
額赫奧仁是國　巴特勒是英雄

所以　你我之間
有些心願幾乎完全相同
我們給男孩取名奧魯絲溫巴特勒
你們也常常喜歡叫他　國雄

鄂慕格尼訥是悲傷　巴雅絲納是欣喜
海日楞是去愛　嘉嫩是去恨
如果你們是有悲有喜有血有肉的生命
我們難道就不是
有歌有淚有渴望也有夢想的靈魂

（當你獨自前來　我們也許

可以成為一生的摯友
為什麼　當你隱入群體
我們卻必須世代為敵？）

騰格里是蒼天　以赫奧仁是大地
呼德諾得格　專指這高原上的草場
我們先祖獨有的疆域
在這裏人與自然彼此善待　曾經
有上蒼最深的愛是碧綠的生命之海
俄斯塔荷是消滅　蘇諾格呼是毀壞
尼勒布蘇是淚　一切的美好成灰

（當你獨自前來
這草原可以是你一生的狂喜
爲什麼　當你隱入群體
卻成爲草原的夢魘和仇敵？）

風沙逐漸逼近　徵象已經如此顯明
你爲什麼依舊不肯相信

在戈壁之南　終必會有千年的乾旱
尼勒布蘇無盡的淚
一切的美好　成灰

——一九九六年七月十八日初稿
——一九九九年二月五日修訂

大霧

——獻給父親

不能穿越的
是我心中的迷霧
雖然　這屋內屋外明亮晴朗
一如往常
這溫暖的空間裏還充滿了

您剛剛點燃過的菸草的香味
幾支特別鍾愛的菸斗還羅列在案頭
燈下　最後合上的書頁間還夾著
那張用了多年的灰綠色的書籤
留在椅背上的羊毛衣裡
還有您留下的體溫
這身邊和眼前的一切　好像
都還不準備去做些什麼改變
讓我以爲　這裡還是
我熟悉和親愛的往昔

往昔　在當時也沒有特別珍惜

直到此刻　弟弟和我
將您的骨灰盒放在臨窗的書桌上
才忽然驚覺　大霧瀰漫
驚覺於一切的永不復返

（這裡就是終點了嗎　可是還有
多少未了的願望都被棄置在長路上
更別提那最初最早的草原　繁星滿天
那少年在黑夜的夢裡騎著駿馬
曾經一再重回　一再呼喚過的家園）

書桌臨窗　陪伴了您後半生的時光

在異國的土地上您研究和講授原鄉
窗外　是您常常眺望的風景
近處那幾株高大的栗子樹　葉已落盡
樹梢幾乎要伸進露台
遠方平林漠漠　在我們身後
十二月的萊茵河　想必
正帶著滿溢的波光穿林而過

不能穿越的
是這隔絕著生死的大霧
是站在霧中的我這既無知無識
又張皇失措的痛楚

美麗的靈魂會不會在曠野上迷途
父親啊　我很想知道
在您的骨灰裡
留下的是那些難捨的光影和記憶

（是那在戰火裡奔逃
卻依然能愛過繾綣過的華年？
是懷中幼兒天真的笑靨　縱然
他們都生在漢地不識母語不知根源？
是那和同胞一起掙扎過冀求過
卻依舊成空的自治和自主？
是哭過痛過　終於只能

爲她撕裂了一生的高原故土？
是那逐漸變得沉默和黯淡的理想？
還是那學會了遺忘　學會了
在一切的邊緣寄居
好能安靜度日的最後的時光？）

父親　明天清晨我們就會動身
沿著河岸南下　再飛回那島嶼上的家
母親早已經安息在向北的山坡上
在植滿了紅山茶和含笑的墓園裡
我們也準備好了給您歇息的地方
黑色的大理石墓碑上刻著金色的字

不過僅只能刻上您生於清宣統三年
逝於民國八十七年的初冬
卻絕不可能清楚記述
您和母親這一生是如何的漂泊流離
如何的　夢想成空

不能穿越的
是我心中的迷霧　是這漫漫長路
窗外　斜陽裡群鳥歸巢
父親啊　我眞的很想知道
到了最後　即使只能成灰成塵

我們是不是也必須像您一樣
愼重而又堅持地
在邊緣上　度過一生

——一九九九年三月十日於父親逝世百日寫成。

顛倒四行

用鏡子描摹欲望　用時間
改寫長路上的憂傷
用沉默去掩埋一生的錯愕
用漂泊來彰顯故鄉

——一九九八年二月十日

篇七——蝴蝶蘭

自白書

1

我的眞實
是我的不眞實的夢
我的不眞實
就都在這裡了

2

我的悔改
是我這從此不肯再悔改的決心
我的不悔改
便是如此

——一九八八年四月三日

晚餐

點起所有的燈燭　鋪上細柔的桌布
擺好去年夏天從遠方帶回來的碗盤
已經在我心裡窺伺著的陌生人啊
我想你應該也會同意
此刻這屋內是多麼明亮而又溫暖
酒是貯存了半生的佳釀

杯是傳說裡的夜光　年少時的淺淡和青澀
在回味的杯底　都成了無限甘美的話題
已經在我心裡徘徊著的陌生人啊
其實我向你要求的並不太多
就只是眼前這一處安靜的角落
看微笑微醺的他頻頻向我舉杯
那與昔日一樣溫柔的凝視令人心醉

我當然知道窗外暮色正逐漸逼近
黑暗即將來臨　但是
已經在我心裡盤踞著的陌生人啊
可不可以請你稍遲　稍遲再來敲門

此刻這屋內是多麼明亮而又溫暖
我正在和我的時間共進晚餐

——一九九四年五月二十一日

蝴蝶蘭

與那多雨多霧的昔日已經隔得很遠
如今她低眉垂首馴養在我潔淨的窗前
曾經是那樣狂野的
白色原生種的蝴蝶蘭啊
是不是還有些欲望在夢裡繼續滋長
是不是還有些記憶　不肯還給荒莽

互不相涉了　那過往如此宣告
而她知不知道
那如蝶翅般微微顫動著的花瓣只能
等待墜落　在一些無人察覺的時刻
像透明的月光終於會離開寒夜的杉林
像你　終於離開了我寂靜的心

——一九九五年十二月十七日

生命之歌

如今　必須是在夜裡
當黑暗佔據了最大的位置
必須是在路上　有燈光不斷閃爍的地方
必須是在疾駛的車中忽然出現
一段如流水般的慢板　低沉而又舒緩
（也許是陌生的旋律那憂傷卻極為熟悉）
如今　必須是一種無法抵擋的內裡的疼痛
如此尖銳又如此甘美

才會讓在黑夜裡急著趕路的我
慢慢地流下淚來

久違了的淚水啊久違了的疼痛
那是我沉默的靈魂重來探訪端坐在我的心中
當黑暗已經佔據了最大的位置
生命裡到底還有些什麼不肯消失的渴求
明知徒然卻依舊如此徘徊不捨地一再稽留

時光其實已成汪洋淹沒了所有的痕跡
今夕何夕　我是何人爲何在此哭泣？

——一九九七年二月十日

婦人之言

我　原是因爲這不能控制的一切而愛你
無從描摹的顫抖著的欲望
緊緊悶藏在胸中　爆發以突然的淚
繁花乍放如雪　漫山遍野
風從每一處沉睡的深谷中呼嘯前來

啊　這無限豐饒的世界
這令人暈眩呻吟的江海湧動
這令人目盲的
何等光明燦爛高不可及的星空

只有那時刻跟隨著我的寂寞才能明白
其實　我一直都在靜靜等待
等待花落　風止　澤竭　星滅
等待所有奢華的感覺終於都進入記憶
我才能向你說明

我　原是因爲這終必消逝的一切而愛你

——一九九五年四月二十一日

備戰人生

那極端的柔弱是給嬰兒用的
熱烈與無邪的笑容給孩童
如絲緞一樣光滑的肌膚　如海邊的
鵝卵石那樣潔淨的氣味給少年
如薔薇如玫瑰如梔子花的芳馥美麗
都要無限量地供應給十六歲的少女

這是生命不得不使用的武器
爲了求得珍惜求得憐愛
給那渴望生長渴望繁殖的軀體

而在長路的中途　裝備越來越重
那始終不曾自由飛翔過的翅膀
在暮色中不安地搧動　直指我心
鑄滿了悔恨與背叛的箭矢已經離弓
劃過如焰火般的晚霞　當夕陽落下
美德啊　你是我最後的盔甲

——一九九六年七月二十二日

短箋

有誰會將詩集放在行囊裡離去
等待在獨居的旅舍枕邊
一頁一頁地翻開
燈熄之後　窗裡窗外
宇宙正在不停地消蝕崩壞

這一生實在太短

拿不出任何美麗的信物可以與你交換
雖然　在蓮荷的深處
我曾經試過　我確實曾經試過啊
要對你　千倍償還

——一九八八年九月八日

恍如一夢

一枚舊日的印章
用上好的硃砂印泥留在
逐漸變黃了的宣紙上

記憶　也逐漸成爲一種收藏
分門別類地放置　等待展示
那越久遠的越是佔據著顯眼的位置

譬如年少時學會的那首歌——你可記得
春花路初相遇　往事難忘往事難忘

但是　難忘的到底是些什麼呢
能記得的也就只有這麼多了

像一枚舊日的印章　幾個
細細的篆字
恍如一夢　留此爲憑

——一九九八年七月九日

風景

——敬呈詩人瘂弦

詩　其實早已經寫好了
千百年後
詩中只留下了你純淨的心　那時
誰還會去追問
詩成之時的你的年齡
詩　其實早已經寫好了

千百年後　也不斷會有
年輕的靈魂在深淵之中甦醒
一切過往歷歷如晴川上的野樹
只有詩人才能碰觸
只有詩人　才能帶領我們
跨越那黑暗而又光耀的時空邊界
包括那些隱密的追隨與背叛　那些
總是飄浮著木樨香氣的清晨和夜晚
以及　我們如何學會了
用眞誠的語言和自己交談向遠方呼喚
河川平緩　歲月無驚

呼喚所不及之處　如今都成風景
一切過往歷歷如晴川上的野樹
且讓我們來呵護這一顆靜觀的心
在短暫的踟躕間　彷彿
只是從這一頁轉到
下一頁的空白之前
是誰讓我瞥見了生命的原形

詩　其實早已寫成留待後世吟誦
然而這卻也正是詩人用一生來面對的
荒謬與疼痛

——一九九八年九月九日

深秋

可以揮霍悲傷的日子已經過去了
走過中途　當一切眞相迎面逼來
我們其實只能　噤聲迴避
即使是一滴淚水　也成干擾
必須把柔弱的心打造成銅牆鐵壁

不洩露　也不再接收
任何與主題有關的訊息

要到了秋深才能領會
活著　就是盛宴

如果能夠互相告誡
讓河流與海洋從此都不起波瀾
這天賜的餘生就再無虧欠
看哪　我愛　在你我的窗外
早上有霧　晚上或許有月光
生命依然豐美熱烈　運轉如常

——一九九八年十一月十四日

邊緣光影

——給喻麗清

多年之後　你在詩中質疑愛情
卻還記得那棵開花的樹　落英似雪……
美　原來等候在愛的邊緣
是悄然墜落時那斑駁交錯的光影
是一瞬間的分心　卻藏得更深

原來人生只合虛度
譬如盛夏瘋狂的蟬鳴　譬如花開花謝
譬如無人的曠野間那一輪皓月
譬如整座松林在陽光蒸騰下的芳香
譬如林中的你
如何微笑著向我慢慢走來　衣裙潔白
依舊在那年夏天的風中微微飄動
彷彿完全無視於此刻的　桑田滄海

——一九九六年七月二十二日

附錄

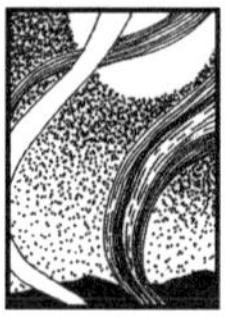

評論兩家及後記

由繁花說起

王鼎鈞

詩人席慕蓉教授最近出版的《一日・一生》裡，有一首詩以看煙火作比興，說是要看

繁花之中如何再生繁花
夢境之上如何再現夢境

兩句並列對映，有駢體餘韻。兩句也互爲譬喻，以繁花喻夢境，以夢境喻繁花。詩題是〈給讀詩的人〉，所以繁花夢境又是詩的比喻，那麼「再生繁

花」、「再現夢境」應該不僅是對客觀景象的欣賞，還有主觀詩心的孳息，順理成章的聯想下去，詩裡再孕育出詩來。加拿大一位研究神話原型的批評家說，「詩只能由其他詩中產生，小說只能由其他小說中產生。」如此說來，席慕蓉女士這首詩，不僅是給讀詩的人，也是給寫詩的人。

這番話是不是頭緒太多了？也許，繁花，夢境，本是迷人的意象，經過字面的前後重疊，句法的彼此呼喚，讀來眼耳心意交叉使用，以致下註也「同氣連枝，分解不易」，幸而未造成「理還亂」的狀況，因爲這兩句詩的意義雖然密度甚大，文字形式卻極爲疏朗，令人過目成誦，牢記不忘，人人知道這「疏朗」是主詞重複和句型雷同造成的，可是那取之不盡的內涵又是怎麼來的？這就是「詩」的不可思議。

在另一首詩裡，詩人席慕蓉說，一小塊明礬可以使一缸水沉澱澄清，那麼：

如果在我們心中
放進一首詩
是不是也可以
沉澱出所有的　昨日

雖然是用商量的語氣，我想這就是她的詩學，她也〈在這本最新的詩集裡面〉如此做了。魯迅曾經說，他自己寫雜文時好似把水攪動，使下面的沉澱泛起，他想像泛起的東西裡有死魚帶血的鱗片。他也如此做了，如果可以自由選擇，我追求的是沉澱，因爲我不是革命家。

在「沉澱」之前，詩人有時也「攪起」。例如那首〈鷹〉，

我只是想再次行過幽徑，靜靜探視

那在極深極暗的林間輕啄著傷口的
鷹
當山空月明　當一切都已澄淨

原詩連題共八行，以黑色的長條襯底，反白植字，如見林隙間灑下來的月光。其中一行全黑，也可以視同詩句，其地位好比國畫「留白」。原詩橫排，（必須橫排）長行中有空格，把頓挫釋放出來，視線左右移動如讀樂譜。全詩讀完，這才看見大幅雪白的高級銅版紙，直接地感受到天地光明，此心清淨。

主題形象是受傷的鷹。這鷹究竟是英雄象徵還是蒼生象徵，還是詩人自己的心路歷程，可以不求甚解。鷹之外有個看不見的「探視者」，依詩的首句聯想，這探視者就是詩，就是藝術。「鷹」對這探視渾然不覺，我們不能確知他是否受惠。讀完末句，眼底豁然開朗，心中塵慮一空，好像世上的傷害和苦難都已成爲過去，沉澱，沉澱，雖然不能「本來無一物」，到底望見了彼岸。利用自然風景（尤其是明月）給讀者一片清淨心，原是禪詩的特長，席慕蓉這首詩，可以說是有「濃密密香噴噴的禪意」。

《一日．一生》左詩右畫，有油畫二十一幅，詩三十一首。詩之中，有七首以自然風景作結，形成詩境的昇華。在〈詩的成因〉裡，她說，「爲了爭得那些終必要丟棄的／我付出了／整整的一日啊　整整的一生」。最後，

日落之後　我才開始
不斷地回想
回想在所有溪流旁的
淡淡的陽光　和

淡淡的　花香

一天或一生的矛盾、掙扎，最後竟付之陽光和花香，令人意外；可是，也唯有這樣，你才可以脫身。王維「君問窮通理，漁歌入浦深」，你還可以猜想歌詞有什麼妙理，東坡的「唯聞犬吠聲，更入青蘿去」，元僧唯則的「落日微風一樹蟬」，就完全破念斷想，另立一個不可言詮的世界。在這裡，移山斷流，並不需要費多大力氣，而是在和風細雨之中一念完成。

佛教究竟給這位詩人多少影響？詩人說：

燈熄之後　窗裡窗外
宇宙正在不停的消蝕崩壞

讀來令人輕微的戰慄。我不知道，若非佛家有「成住壞空」的宣告，詩人能給我們這祕密的驚嚇嗎？我也不知道，除了宗教，還有什麼學說、什麼技能、什麼錦囊妙計，使我們相信還有永恆？

詩人似乎在追求「詩也簡單，心也簡單」。可是，到目前爲止，她的詩還是如冰山一角，煞費測量。

——轉載自一九九八年四月二日明報「明月副刊」

為「寫生者」畫像

——看席慕蓉的畫

亮軒

不久前去看席慕蓉的畫展，特意的挑選一個人不會多的時間，目的就是要好好兒的看畫，好好的想畫，也可與身旁的人好好的談一談畫家的畫，幾年以來，都是如此，所以畫展的開幕酒會就極少參加了。畫家可以作純粹畫家，欣賞者也可以作一個純粹的欣賞者。席慕蓉是我認識多年的朋友，面對她的畫作，尤其更應該作一個純粹的欣賞者。

藝廊的空間有限，能展出的作品也就不多了，偏偏席慕蓉一向就有畫大畫的習慣，因此也只不過十幾件而已。這一次展出的依然是她十分熟悉更是十分投入的主題：荷花。因爲人少，所以可以靜靜的站在畫前，遠遠近近的仔細欣賞，很快的，我就迷失在她的荷花荷葉之間，更確切的說，迷失在小小的色塊細微的皴擦之間，讓人忘了那是荷花還是荷葉，只餘下光影色調層次筆觸的變化。

席慕蓉從來就不是一個刻意求變的藝術家，無論是她的詩文還是她的畫，她求的是眞，情感的以及觀察的。這也就造成了她的作品長年都能達到雅俗共賞的原因，其實雅俗共賞是美學世界中最難達到的境界，刻意而爲畢竟一事無成者大有人在，席慕蓉以她近乎潔癖的眞誠執著以赴，又一次證實了她的可觀進境。

有人把席慕蓉看作唯美的畫家，唯美一詞早已被使用得氾濫了，於是難免予人僅限於皮相之美的印象，如果只是皮相之美，欣賞者深入到某一層次，極可能感受得出內在的虛僞與枯竭，因爲皮相之美是沒有「心」的，席慕蓉非常之用心，她不只畫畫用心，寫詩也用心，寫散文也用心，席慕蓉是在整個生活中無處不用心的人。她用心的看、用心的想，也很用心的去感動，這就是看她的畫總讓人不由自主靜肅屏息的原因。人一用心便無旁騖，席慕蓉看荷，看得天地間只有荷，連她自己都不見了，所以她的荷也就愈來愈大了，而三兩片的荷葉的影子也就可能充滿在她畫幅中的三分之二甚或五分之四了。只留下一點點光源的空隙與一兩朵甚至含苞未放的荷花，但是在荷葉的這一大片綠裡也充滿了非比尋常的景致，畫家的瞳孔得放得很大很大才見得到在黑夜裡的那樣的綠，那樣的藍，而非黑。如果有月光，光源或是投射至層層葉影之外的一片葉脈的一角，或是從清淺荷塘微微晃動反射而出，或是荷花荷葉竟然成爲零星點綴的配角，畫家分明看到了荷塘月下水光的閃動搖曳而轉移了主題。

儘管可以如有人所說，席慕蓉的荷花是古典主義，夜色是印象派，花與女人是野獸派，但是以她最近以「一日．一生」爲題的展出而言，她的荷畫卻有著古典派的細膩、印象派的光彩、野獸派的大膽與灑脫，畫家顯然並不在意她是什麼派別，也無意於表現她師承的源流。早期的師範教育打下了扎實的技術性基礎，赴歐習藝開了她的心胸與眼界，長年任教則讓她在專業世界中從不鬆懈，而一以貫之的便是淨潔無邪的眞誠。席慕蓉沒有劃地自限，這在於她總是保有謙遜的學習精神，雖然她已經從教職生涯中退休，但她秉持的學習精神，絕不會比她的學生爲少，她甚至會以無限驚羨的態度來讚嘆還在學校中傑出的學生，至於她對任何一位她眼中傑出的作家、畫家、思想家還是任何行業中的人物之由衷欽佩，也就更不在話下了。謙遜有許多好處，而謙遜最重要的收穫就是隨時隨地可以大量的汲取他人的長處，經過了歲月，席慕蓉的融會貫通自屬必然。

像她這麼虔誠的藝術家不多，與席慕蓉相識者大概都感覺得到，她幹什麼都認眞，做得不好就懊惱，兩極化的價值標準不斷的帶來許多壓力，她就不得不用功了。以席慕蓉自己與自己比較，又寫詩又寫散文又畫畫的席慕蓉，創作生涯大致是這樣的：如果某種心緒畫得出來，她就畫，畫不出來，她就寫詩，詩難以表達，她才出諸於散文。基本上她是以畫家自許的，從少年的時代到現在，如此的自我定位應無改變。席慕蓉能否成爲一個傑出的小說作者就有點可疑，她太誠懇、太相信她見到的這個世界，她的質疑中就常常已經隱藏了答案了。許多的驚訝，促動著她以各種不同的藝術手段表達記錄下來，最近兩三年她花在畫畫方面的時間特別多，搬到淡水鄉間之後，應該也大量減少了許多閒酬，於是更有助於她繪畫性的探索，看了她這一次的展覽，禁不住想起過去常常聽她說的：「……那麼我應該多畫畫。」「……那麼我應該回去畫畫。」她總愛把許多對自己的疑惑與不滿最後歸結到是自己畫得不好、不夠努力用功所致。一個用功的學生還不是動不動就愛說：「那麼我應該回去讀書了。」「那麼我要開始好好的作作業了。」繪畫的語言語法在席慕蓉的手底逐漸嫻熟自如，畫愈精而多當然最好不過了，這並不是說她的詩文不好，我們讀一讀她的詩文也就看得出來，幾乎有一半的作品都與繪畫一事相關，而她的那本小品文集《寫生者》，足可以作為一本美學筆記相看。

是的，席慕蓉的半生就是一位徹底的「寫生者」，寫生的重要精神有兩點，一、忠於描寫的對象，二、保持學習的精神。席慕蓉對描寫事物之忠誠，與宗教使徒無異，這使得她可以多年創作不懈，也能承受若干不苟同其「唯美」的批評。她不可能是不在意批評的那種人，但是她應對不同立場的批評的方法，就是更用心的去寫、去畫。在別人眼中也許並不算大的變化，對席慕蓉可不同，從明到暗、從絢麗到深沉、從堆染到皴擦、從實體到虛空，許多藝術家可以在旦夕之間騰躍游走；席慕蓉卻不，她不敢，她不敢表現沒有充分觀察的、理解的，乃至於感動她自己的題材。寫生者不輕易逾越分寸，所以席慕蓉的蛻變也是緩慢的。然而我們不可忽略了她的緩慢，她雖緩慢卻從不停滯，因此每一處極為細小的變化也極為深刻，這種畫家，開始要早、身體要好，還得長壽。要找一位歷史上類似的畫家，我想到的是沈周，這位享壽八十多歲的畫家，從早年開始就畫，畫得再好，也未見其自恃才氣的那種得意，畫到四、五十歲才漸漸舒展，終至斐然而成一代大師。作一個「寫生者」的精神，對於造化自然是無限的崇拜的。使徒佈道是不分時空的，席慕蓉身邊總是有紙筆，她相信美是稍縱即逝的感受，於是愈爲珍惜。想當年她的孩子還小的時候，她一邊抱著孩子一邊用針筆畫畫，又利用哄孩子的空檔畫畫，若非狂熱的對於生命中激情顫動的感受視爲無上的神祇示現，又如何能夠作得到呢？其實，儘管她的變化是緩慢細微的，儘管可以說她的畫「相似」，她沒有重複，用心的看，都可以看得出她要表現的是什麼；而且，她也從未以表現了具體的現象爲滿足，她每一件作品都表現了那一片世界令她感動之所在，於是越到後來她的畫作越開展，以至於在形相上不見得十分之寫生，執著的寫生者一路寫生至今，早已自自然然的寫生出了自己受物象感動的心靈。

藝術家時常難以拿捏常與變的分寸，執於常則易呆滯無神，執於變則易狂放無端。多年來，席慕蓉的執著既非常亦非變，她執著於一顆簡單的用心，她的繪畫世界用不著複雜的解析，她的畫面也單純統一，不論是花果昆蟲、野馬山巒，還是碧草與白雲。她寫了不少有關她的故鄉蒙古的作品，當然也畫了不少，照她自己說，口口聲聲盡是尋根之類的言語，還爲此作了些與藝術創作無甚關聯的事情，我看席慕蓉的根還要更遙遠一些，她的根就是單純而自然的生命，而蒙古恰好合於她內在渴求的性靈，難怪她回去多少次也不厭倦。她的故鄉其實在她內心深處，她以數十年的歲月探索這個簡單卻深刻的自己，不依傍門戶，不故作解人，也不追趕進度，只是永不停歇的一路走來，於是乎，呈現在她畫中的，就是同樣對於單純抱持著企慕的人共同的故鄉，這種人倒不算少數，這應該是她的作品恆受較多的人欣賞眞正的原因吧？席慕蓉撫慰了如此普泛的鄉愁，看來也非她意料中事。

如今正值她創作的盛年，思想、歷練與技巧的成熟，更可融匯無間，那種不失穩重的灑脫自信，倒是在她早期畫作中少見的，她更能準確的捕捉剎那間的神思感受，如此之成熟，自非易致。邁過中年，歲月再也不浪漫了，畫家總會擔心還有沒有足夠的時間畫下來想畫的東西？她已經從一個單純的寫生者變成更用功的趕路的寫生者，然而藝術的世界只有腳程沒有路程，懷抱著藝術家本質中的鄉愁，她還是會不停的，帶著幾許焦慮的畫下去，終究畫出微塵大千盡是故鄉的世界，然而她還會持續不斷的追尋，正如她在《寫生者》一書代序〈留言〉一詩末尾所說：

波濤不斷向我湧來
我是螻蟻決心要橫過這汪洋的海
最初雖是你誘使我酩酊誘使我瘋狂

最後是我微笑著含淚
沒頂於
去探訪
你的路上

席慕蓉終究要畫出所有藝術家的生涯。

——轉載自一九九八年三月號「敦煌藝訊」

長路迢遙

——新版後記

（一）

九月初，去了一趟花蓮。

出門之前，圓神出版社送來了《時光九篇》和《邊緣光影》新版的初校稿，希望我能在九月中旬出發去蒙古高原之前做完二校，雖然離出版的時間還早，可是我喜歡出版社這樣認眞和謹愼的態度，就把這兩本書稿都放進背包裡，準備在火車上先來看第一遍。

從台北到花蓮，車程有三個鐘頭，不是假日，乘客不多，車廂裡很安靜，眞的很適合做功課。所以，車過松山站不久，我就把《時光九篇》厚厚一疊的校樣拿了出來擺在眼前，開始一頁頁地翻讀下去。

《時光九篇》原是爾雅版，初版於一九八七年的一月。其中的詩大多是寫於一九八三到八六年間，與此刻相距已經有二十年了。

二十年的時光，足夠讓此刻的我成爲一個旁觀者，更何況近幾年來我很少翻開這本詩集，所以，如今細細讀來，不由得會生出一種陌生而又新鮮的感覺。

火車一直往前進行，窗外的景色不斷往後退去，我時而凝神校對，時而遊目四顧，進度很緩慢。

當我校對到〈歷史博物館〉那首詩之時，火車已經行走在東部的海岸上，應該是快到南澳了，窗外一邊是大山，一邊是大海，那氣勢眞是懾人心魂。美，確實是讓人分心的，我校對的工作因而進展更加緩慢。

然後，就來到詩中的這一段——

歸路難求　且在月明的夜裡
含淚爲你斟上一杯葡萄美酒
然後再急撥琵琶　催你上馬
知道再相遇又已是一世
那時候　曾經水草豐美的世界
早已進入神話　只剩下
枯萎的紅柳和白楊　萬里黃沙

讀到這裡，忽然感覺到就在此刻，就在眼前，時光是如何在詩裡詩外疊印起來，不禁在心中暗暗驚呼。

車窗外，是台灣最美麗的東海岸，我對美的認識、觀察與描摹是從這裡才有了豐盈的開始的。

就在這些大山的深處，有許多細秀清涼的草坡，有許多我曾經採摘過的百合花，曾經認眞描繪過的峽谷和溪流，有我的如流星始奔，蠟炬初燃的青春啊！

在往後的二十年間，在創作上，無論是繪畫還是詩文都不曾停頓，不過，在我寫出〈歷史博物館〉這首詩的時候，雖已是一九八四年的八月，卻還不識蒙古高原，也未曾見過一叢紅柳，一棵白楊，更別說那萬里的黃沙了。

誰能料想到呢？在又過了二十年之後，重來校對這首詩的我，卻已經在蒙古高原上行走了十幾年了，甚至還往更西去了新疆，往更北去了西伯利亞的東部，見過了多少高山大川，多少水草豐美的世界，更不知出入過多少次的戈壁與大漠！

是的，如果此刻有人向我問起紅柳、白楊與黃沙，我心中會爭先恐後地顯現出多少已然枯萎或是正在盛放色澤嫩紅的柔細花穗，多少悲風蕭蕭或是枝繁葉茂在古道邊矗立的白楊樹，以及，在日出月落之間，不斷變幻著光影的萬里又萬里的黃沙啊！

我是多麼幸運，在創作的長路上，就像好友陳丹燕所說的「能夠遇見溪流又遇見大海」，在時光中涵泳的生命，能夠與這許多美麗的時刻在一首又一首的詩篇中互相疊印起來。

在兩個二十年之後，在一列行駛著的火車車廂之中，我從詩中回望，只覺得前塵如夢，光影雜沓，那些原本是眞實生命所留下的深深淺淺的足跡，卻終於成爲連自己也難以置信的美麗遭逢了。

（二）

當然，在時光中涵泳的生命，也並非僅只是我在眼前所能察覺的一切而已。我相信，關於詩，關於創作，一定還有許多泉源藏在我所無法知曉之處。

這十幾年來，我如著迷般地在蒙古高原上行走，在游牧文化中行走，雖然每次並沒有預定的方向，卻常會有驚喜的發現。

譬如前幾年，在內蒙古呼和浩特市舉行的首屆「騰格里金杯蒙文詩歌朗誦比賽」決賽現場，全場的聽眾裡，我是那極少數不通母語的來賓之一，可是，卻也和大家一樣跟著詩人的朗誦而情緒起伏，如痴如醉，只因爲蒙古文字在詩中化爲極精采的音韻之間的交錯與交響，喚起了我心中全部的渴望。

原來，我對聲音的追求是從這裡來的！

這麼多年來，雖然在詩裡只能使用單音節的漢字，可是我對那字音與字音之間的跳躍與呼應，以及長句與長句之間的起伏和綿延，總是特別感興趣。在書寫之時，無論是自知或是不自知的選擇，原來竟然都是從血脈裡延伸下來的。

而這個世界，還藏有許多美麗的祕密！

就在這個十月，我身在巴丹吉林沙漠，有如參加一場「感覺」的盛宴，才知道自己從前對「沙漠」的認識還是太少了。

巴丹吉林沙漠在內蒙古阿拉善盟右旗境內，面積有四萬七千平方公里。在這樣廣大的沙漠中，橫亙著一座又一座連綿又高崇的沙山沙嶺，卻也深藏著一百幾十處湛藍的湖泊。有的明明是鹹水湖，湖心卻有湧泉，裸露在湖面上的岩石裡有大大小小的泉眼，從其中噴湧而出的，是純淨甘甜的淡水，湖旁因而有時也叢生著蘆葦。清晨無風之時，那如鏡的湖面，會將沙山上最細微的摺痕也一一顯現，天的顏色是眞正的寶石藍，藍得令人詫異。

原來，這在我們從前根深柢固的概念中所認定的一種荒涼與絕望的存在，竟然也可能會有完全不同的面貌，充滿了欣欣向榮的生命。

如果不是置身於其中，我如何能夠相信眼前的一切也都屬於沙漠？在沙谷之中隱藏著湖水，在沙坡之上鋪滿了植被，生長著沙蒿、沙米，還有金黃色的圓絨狀的小花，牧民給它起了一個非常具象的名字——「七十顆鈕扣」……

這個世界，還藏有多少我們不曾發現又難以置信的美麗？

夜裡，星空燦爛，寬闊的銀河橫過中天，仰望之時，彷彿從前背負著的枷鎖紛紛卸落，心中不禁充滿了感激。

還需要什麼解釋呢？我在星空下自問。

且罷！上蒼既然願意引領我到了這裡，一定有祂的深意。長路何其迢遙！我且將所有的桎梏卸下，將那總是在追索著的腳步放慢，將那時時處於戒慎恐懼的靈魂放鬆，珍惜這當時當刻，好好來領受如此豐厚的恩寵吧。

（三）

回到台北，滿心歡喜地準備迎接一套六冊精裝詩集的完整展現。《時光九篇》書成之後十二年，才有《邊緣光影》的結集，原來都屬爾雅，要謝謝隱地先生的成全，才得以在今天進入圓神系列。

更要謝謝簡志忠先生的用心，讓我的六本詩集在六年之間陸續以新版精裝的面貌出現。

《迷途詩冊》也將從二十五開本改成三十二開本，也算是新版。

這眞是我從來不敢奢望的美麗遭逢。

要謝謝這兩位好友之外，更要謝謝每一位在創作的長路上帶領我和鼓勵我的朋友，長路雖然迢遙，能與你們同行，是何等的歡喜！何等的幸福！

我是極爲感激的。

——二〇〇五年十一月九日寫於淡水

席慕蓉 書目

◇詩 集

1981.7　七里香　大地
1983.2　無怨的青春　大地
1987.1　時光九篇　爾雅
1999.4　邊緣光影　爾雅
2000.3　七里香　圓神
2000.3　無怨的青春　圓神
2002.7　迷途詩冊　圓神
2005.3　我摺疊著我的愛　圓神
2006.1　時光九篇　圓神
2006.4　邊緣光影　圓神
2006.4　迷途詩冊（二版）　圓神

◇詩 選

1990.2　水與石的對話　太魯閣國家公園
1992.2　席慕蓉詩選（蒙文版）　內蒙古人民
1992.6　河流之歌　東華
1994.2　河流之歌　北京三聯
1997.6　時間草原　上海文藝
2000.5　世紀詩選　爾雅
2001　Across the Darkness of the River（張淑麗英譯）
GREEN INTEGER

2002.1　　夢中戈壁（蒙漢對照）　北京民族
2003.9　　在黑暗的河流上　南海

◇畫 冊

1979.7　　畫詩（素描與詩）　皇冠
1987.5　　山水（油畫）　敦煌藝術中心
1991.7　　花季（油畫）　清韵藝術中心
1992.6　　涉江采芙蓉（油畫）　清韵藝術中心
1997.11　　一日一生（油畫與詩）　敦煌藝術中心
2002.12　　席慕蓉（40年回顧）　圓神

◇散文集

1982.3　　成長的痕跡　爾雅
1982.3　　畫出心中的彩虹　爾雅
1983.10　　有一首歌　洪範
1985.3　　同心集　九歌
1985.10　　寫給幸福　爾雅
1989.1　　信物　圓神
1989.3　　寫生者　大雁
1990.7　　我的家在高原上　圓神
1991.5　　江山有待　洪範
1994.2　　寫生者　洪範

1996.7　　黃羊・玫瑰・飛魚　爾雅
1997.5　　大雁之歌　皇冠
2002.2　　金色的馬鞍　九歌
2003.2　　諾恩吉雅（我的蒙古文化筆記）　正中
2004.1　　我的家在高原上（新版）　圓神
2004.9　　人間煙火　九歌

◇散文選

1988.3　　在那遙遠的地方　圓神
1997.6　　生命的滋味　上海文藝
1997.6　　意象的暗記　上海文藝
1997.6　　我的家在高原上　上海文藝
1999.12　　與美同行　上海文匯
2000　　我的家在高原上（息立爾蒙文版）　蒙古國前衛
2002.6　　胡馬・胡馬（蒙文版）　內蒙古人民
2002.12　　走馬　上海文匯
2003.9　　槭樹下的家　南海
2003.9　　透明的哀傷　南海
2004.1　　席慕蓉散文　內蒙古文化

◇小 品

1983.7　　三弦　爾雅

◇美術論著

1975.8　心靈的探索　自印

1982.12　雷射藝術導論　雷射推廣協會

◇傳 記

2004.11　彩墨・千山　馬白水　雄獅

◇編 選

1990.7　遠處的星光
——蒙古現代詩選　圓神

2003.3　九十一年散文選　九歌

附註：《三弦》與張曉風、愛亞合著。《同心集》與劉海北合著。《在那遙遠的地方》攝影林東生。《我的家在高原上》攝影王行恭。《水與石的對話》與蔣勳合著，攝影安世中。《走馬》攝影與白龍合作。《諾恩吉雅》攝影與白龍、護和、東哈達、孟和那順合作。《我的家在高原上》新版攝影與林東生、王行恭、白龍、護和、毛傳凱合作。

Eurasian Publishing Group
圓神出版事業機構
用心與你對話・視野無限寬廣
圓神出版社
Eurasian Press
reader@mail.eurasian.com.tw
www.booklife.com.tw

圓神文叢 034

邊緣光影

作　　者／席慕蓉
發 行 人／簡志忠
出 版 者／圓神出版社有限公司
地　　址／台北市南京東路四段50號6樓之1
電　　話／（02）2579-6600・2579-8800・2570-3939
傳　　真／（02）2579-0338・2577-3220・2570-3636
總 編 輯／陳秋月
副 主 編／沈蕙婷・姚明珮
責任編輯／周文玲
校　　對／席慕蓉・李美綾・周文玲
美術編輯／陳正弦
行銷企畫／吳幸芳・周羿辰
排　　版／莊寶鈴
經 銷 商／叩應股份有限公司
郵撥帳號／ 18707239
法律顧問／圓神出版事業機構法律顧問　蕭雄淋律師
印　　刷／祥峰印刷廠
2006年4月　新版
2019年4月　4刷

定價 270 元
ISBN 986-133-141-7

國家圖書館出版品預行編目資料

邊緣光影 / 席慕蓉. -- 新版. --臺北市：
圓神，2006〔民95〕
面；13×18.8公分 --（圓神文叢；034）

ISBN 986-133-141-7（精裝）

851.486　　95002988